아
침
의

소
리

아침의 소리

발행일	2016년 7월 6일

지은이	그냥스님, 단지신부님
펴낸이	서현주
펴낸곳	미디어 나랑
출판등록	2016. 4. 11(제 338-2016-000005)
주소	부산광역시 수영구 광안해변로 370번길 9-32, 2층(민락동, 노블스카이)
전화번호	070-8755-5555

팩스   051-751-9588

ISBN	979-11-958320-0-2 03810(종이책)

979-11-958320-1-9 05810(전자책)

이 도서의 국립중앙도서관 출판예정도서목록(CIP)은
서지정보유통지원시스템 홈페이지(http://seoji.nl.go.kr)와
국가자료공동목록시스템(http://www.nl.go.kr/kolisnet)에서 이용하실 수 있습니다.
(CIP제어번호 : CIP2016016116)

아침의 소리

그냥스님 글
단지신부님 그림

미디어 나랑

아침의 소리

앞서 있던 소리(道)

많은 이들이 듣고 있고,

모든 존재들이 언젠가는 귀를 기울일 소리

머
리
말

많은 사람들이 행복에 도달하기 위한 방법을
밖에서 찾으려 했답니다. 부와 명예를 쫓고 누구
처럼 되려 하며, 누군가가 만들어 놓은 절대적이
지 않은 잣대에 자신을 측정하여 맞추려고 애썼
지요. 그러나 이런 모순 속에서 답답함을 느낀
사람들은 '거울(저자)'에게 손을 내밀게 되었습니
다. '거울'은 사람들에게 오직 한 가지만을 보여 주
었답니다. '거울'이 할 수 있는 것은 단 한 가지 뿐
이었기 때문이랍니다. 바로 사람들의 마음을 비

추어 준 것이지요. 그로 인해 사람들은 자신이 찾고자 하는 것이 자신 마음 안에 있었다는 것을 깨닫게 되었습니다.

그러나 그 만남이 끝난 이후에는 자신도 모르게, 습관적으로, 어쩔 수 없다는 마음으로 다시 답을 밖에서 찾으려 하였습니다. '거울'과 함께할 때에는 '모든 답은 내 안에 있다는 가장 지혜로운 사실'을 알아차리고 마음의 울림을 경험할 수 있었으나 헤어진 다음에는 또다시 망각의 바다로 빠져 들게 되었대요. 사람들은 돌고 돌다가 답답함을 느끼고 다시 '거울'을 만난 이후에야 또 밖에서 찾았다는 것을 깨닫게 되었답니다. 지금까지 그러기를 오랜 시간 반복해 왔고 또 반복하고 있대요.

'거울'과의 만남은 7일 중 단 2시간. 이 시간을 통해 사람들은 조금씩 내면의 행복을 바라보게 되었으나 이와 같은 방법으로는 스스로 자신의 마음을 들여다볼 수 있게 되기까지 너무 많은 시간이 걸린다는 것을 '거울'은 알았답니다. 20세기 말 무렵, '거울'은 방법을 바꾸었습니다. 오기를 기다리지 않고 찾아가서 그들의 마음을 비추어 주기로 마음먹었답니다. 그리고는 언제, 어디서든 그 누구와도 연결할 수 있는 80바이트의 단문 문자로 세상 깊숙이 들어왔답니다. (행복을 찾는 이들에게 매일 아침 내면의 소리를 80바이트의 문자로 요약하여 비추어 주었답니다.)

이것이 바로 '아침의 소리'의 탄생이었지요. 그 이후, '다음 카페'를 활용하여 사람들의 마음을 비추었던 시절을 지나, 요즘은 '카카오스토리'를 통해 각자의 마음을 비추어 주고 있답니다. 그리고 이 인연이 무르익어 이렇게 한 권의 책으로 열매를 맺게 되었군요. 사실 '아침의 소리'란 이름일 뿐이며, 이름 이전엔 단지 '거울'에 비추어진 사람들의 마음이었으니 결국 '아침의 소리'는 우리 각자의 마음이었던 거랍니다.

문득 답을 필요로 할 때 잡히는 대로 '아침의 소리' 책장을 넘겨보세요. 그리고 펼쳐진 장의 내용을 읽어 보세요. 지금 당신에게 필요한 글이 적혀 있을 것이랍니다. '아침의 소리'는 당신의 마음을 비추어 주는 거울이기 때문이죠.

'거울'은 드러내기를 거부한답니다. '거울'의 모습과 이름에 얽매여 독자들 마음에 잠자고 있는 지혜로움을 더 자세히 보지 못할까 우려되기 때문이지요. 그래서 '거울'은 마음을 비추어 주는 거울로만 존재하려 한답니다. 이로 인해 결국 모든 사람들이 깨닫게 되길 바라면서요. 나의 마음속에 이미 모든 답이 있었다는 사실을 말이지요!

[문자메시지 편]

1999.09.12 ~ 2000.09.27

어제 하루는 어떠했습니까?

어제 아침의 다짐은 이루어졌는지요?

다짐하지 마세요.

지금은 그냥 있으세요!

당신은 지금 아름답습니다. 나중이 아니라요.

그냥 있으세요!

아침의 소리

당신의 존재를 느껴 보세요!

'당신이 있어서'

세상이 아름답다는 것을 알게 될 것입니다.

참으로 다행이에요. 그 동안에 알고 있었던 '나'는
진짜 '나'가 아니래요!
이젠 내가 아니니 두려울 것이 없겠죠?
용기를 내세요!

'행복하고 참된 자'는
이 순간의 할 일을 마친 사람이다.

지금 자신의 모습을 알지 못하고
오늘을 노력하지 않는 자.
이는 지혜 없는 자의 모습이다.

때때로 우리는 생각한다.

"나의 삶은 왜 이리 힘든 가?"

그러나 당신의 삶이 힘든 것에는 다 이유가 있다.

그 이유를 알았을 때

당신의 삶은 더 이상 힘들게 느껴지지 않을 것이다.

오늘의 여유로움이 게으름으로 이어져서는 안 됩
니다.
이불을 걷어붙이고 일어나세요.
그리고 가을의 시원한 공기를 마셔 보세요.
당신은 살아 있습니다!

아침의 소리

오늘 하루가 시작됨을 마음 가득 기뻐할 줄 알 때,
덤으로 알게 되는 것이 있지요.
과거도 없고 미래도 없음을!
과거와 미래는 생각 속에 있을 뿐,
오로지 현재만이 존재한다는 것을!

오늘, 당신이 할 일이 하나 있습니다.
그것은 오늘이라는 기회가 다시 온 것에 감사하
는 것입니다!
만약 오늘이 오지 않았다면,
우리는 항상 후회의 어제 속에서 괴로워해야 했
을 겁니다.

아침의 소리

"당신은 일주일 안에 죽을 것이다."
이 말을 들은 당신은 기쁜가요, 두려운가요?
물론 기뻐해야 합니다.
죽지 않을 인연을 미리 심을 수 있으니까요.
다가오는 어려운 일을 두려워하지 마세요.
우린 그저 일주일 후를 대비하여,
지금 파릇한 새싹을 심기만 하면 된답니다.

포식을 한 호랑이가 느긋하게 세상을 바라보고
있었습니다.
무심코 그 앞을 지나던 토끼는 겁에 질려버렸습
니다.
호랑이는 배가 불러 아무 생각이 없었건만….
호랑이는 토끼를 거꾸로 잡고 흔들어 댔습니다.
토끼의 머릿속에서 두려움, 선입관, 집착, 원망 등
이 쏟아졌습니다.
그제야 토끼는 맑은 눈으로
배부른 호랑이를 볼 수 있었습니다.
앞에 있는 것은 그저 배부른 호랑이였습니다.

한 끼 밥에 감사할 줄 알고

조금은 싸늘한 초겨울 바람을 기뻐할 줄 아는 사

람은

급기야 인생의 의미를 알게 됩니다.

순간을 기뻐하세요!

저물어가는 하루가 아름답게 느껴지세요?

오늘 하루, 매 순간 살아 있었다면

아무 이유 없이

벅찬 기쁨이 밀려올 것입니다.

아침의 소리

지구는 왜 도는 걸까요?

어제에 이어 오늘이 왜 오는 걸까요?

세상의 참모습은 과연 무엇일까요?

이 세상의 비밀은 한시도 쉬지 않고

변한다는 것입니다.

이 변화의 법칙을 이해했을 때

절대의 기쁨이 다가온답니다.

오늘 하루는 모든 변화를 받아들이고,

또한 변할 수 있다는 가능성을 전제로

세상을 바라보는 연습을 해 봅시다.

시도하지 않으면,

우리의 인생은 어쩔 수 없이 지배당하게 됩니다.

물구나무서기를 해 보세요.

세상이 이상해 보이지요?

왜 그럴까요?

똑같은 세상이지만 거꾸로 보는 세상이 낯설기

때문이지요.

우리는 저마다의 습관에 따라 세상을 바라보면서,

그것이 세상의 본래 모습인 양 착각하고 있어요.

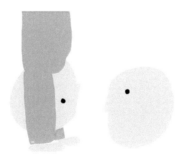

거꾸로 보는 세상과 바로 보는 세상이 똑같은 세
상이듯,
기대하지 않았던 일들도 기대했던 일들과 같은
거예요.
분별하지 않을 때 참모습이 보이기 시작할 겁니다!

누구보다 자유롭게, 높이 나는 파랑새가 있었습
니다.
주변의 친구들이 말했습니다.
"네 마음대로 날아다니다가 사냥꾼에게 잡히면
어떡하니? 조심해!"
파랑새는 어느덧 마음 한구석에 두려움의 사냥꾼
을 앉혀 놓았습니다.
이제 파랑새는 사냥꾼의 눈치를 살피며 날게 되었
습니다.
더 이상 자유로운 파랑새가 아니었습니다.
어느 날 파랑새는 물을 마시려고

주위를 살피며 조심조심 호수로 다가갔습니다.

그러다 물 위에 비친 자신의 모습을 보게 되었습
니다.

"아! 나는 자유로운 파랑새였구나!"

자신을 알게 된 파랑새는 다시 자유로워졌습니다.

자신이 날던 하늘이 두려움의 하늘이 아니라

눈부시게 아름다운 하늘이었음을 깨닫게 되었습
니다.

당신도 창문을 활짝 열고 구름 위의 푸른 하늘
을 느껴보세요!

그 파랑새가 바로 당신이랍니다!

우리가 살고 있는 대한민국은 참으로 복 받은 땅이
랍니다.

세상은 변한다는 진리를 쉼 없이 가르쳐 주는 사
계절이 있으니까요.

변화와 겨울의 존재를 느껴보세요.

변화는 두려움, 겨울은 혹독한 추위가 아니랍니다.

변화와 겨울의 존재, 그 자체가 바로 아름다움입
니다.

지금 이 순간, 당신의 변화하는 생활이 아름답게
느껴지세요?

창문을 여세요!

세상은 진작 깨어나 당신을 기다리고 있답니다.

세상을 향해 노래 부르세요!

당신의 기쁜 마음이

세상을 바꾼답니다!

아침의 소리

세상에서 가장 어리석은 사람은 누굴까요?
그것은 알면서도 행하지 못하는 사람입니다.
그럼 세상에서 가장 지혜로운 사람은 누굴까요?
하나밖에 모르지만, 그것을 한시도 잊지 않고 행
하는 사람입니다.
당신은 지혜롭습니까, 아니면 어리석습니까?

좋은 도반을 얻는 것은 천하를 얻는 것과 같습니다.
때론 엄한 스승이고, 때론 부드러운 어머니와 같은
도반이 당신에겐 있습니까?
떠오르는 태양을 보며 약속하십시오.
"나는 남에게 천하와 같은 도반이 되겠다!"고.
그 인연으로 진정한 도반이 당신 앞에 홀연히 나
타날 때가 있을 것입니다!

피하려 하지 마세요.
다음으로 미루지 마세요.
이미 당신 옆에 와 있어요.
한번만 쳐다보세요!
당신에게 기쁨을 줄 그것을
한번만 쳐다보세요!

멀리서 찾지 마세요.
바로 옆이에요.
당신이 찾던 바로 그것!
그것은 바쁜 시간 속에 있답니다.
아주 큰 여유로움으로!

자! 다시 기회가 왔습니다.
어제 저녁의 후회는 뒤로한 채
오늘 다시 한 번 시도하세요.
이 세상은 매일매일 기회를 주는
희망의 세상이에요.

당신이 살고 있는 세상은 아주 자비로운 곳임을
아셔야 합니다.
당신을 향한 자비의 빛은 어느 한순간도 끊임이
없었다는 것 또한 아셔야 합니다.
지구를 비추는 태양은 한순간도 쉼이 없었건만,
내가 지구 전체가 되지 않는 한,
태양은 낮에만 자비롭다고 할 겁니다.
오늘은 지구보다 더 큰 우주가 되어 보세요.
태양을 능가하는 자비의 빛이 항상 있었다는 걸
아시게 될 거예요!

오늘의 상쾌함을 마음껏 누리세요.

지금 살아 있음이 기쁨이랍니다!

아침의 소리

당신은 옳은 것을 신봉하고, 그른 것을 외면하십
니까?
오늘 하루는 옳고 그름을 모르는
헤헤거리고 웃는 바보가 되어 보세요!
헤헤!

살아 있음은 큰 기회이며,

살아 있음은 큰 가르침이며,

살아 있음은 큰 기쁨이며,

살아 있음은 큰 진리이다.

모든 것은 살아 있음에서 비롯되니,

그대여!

오늘 하루도 온전하게 살아 있을지어다.

행복으로 향한 문은 어느 때,
어느 곳에서건 열려 있습니다.
우리가 할 일은
그 문으로 들어가려고 노력하는 것 뿐.
이러한 노력도 없이 인생이 괴롭다고 한다면
당신은 양심불량!

큰 수박을 양손에 든 사람이 옆 사람에게 건넬
수 있는 수박의 개수는?
맞습니다. 2개입니다!
우리가 받을 수 있는 수박은 2개뿐입니다.
그러나 관조할 줄 모르는 자는 당황합니다.
마치 수십 개의 수박을 건네는 듯 착각하는 거죠.
가만히 지켜보세요.
인생에서 2개 이상의 수박은 오지 않습니다!

노을을 바라볼 때 다가오는 기쁨을 믿으세요.

그 이상이 있을 거라는 생각에 우리는 이날 이때

까지 헤맸답니다.

지금 있는 것 말고 아무것도 없습니다.

그 무엇을 기대하고 있었기에 지금 다가오는 것이

작게만 느껴지는 것입니다!

하루를 맞이할 준비가 되셨습니까?
이 시간 이전의 것을 온전히 받아들이십시오.
그리고 다시 시도하는 마음으로 하루를 시작하
세요!
그러면 오늘 하루는 뜻한 바를 이룰 수도 있는
희망의 날이 될 겁니다!

아침의 소리

이것이 아니면 안 된다는 생각을 잠깐 쉬어 보실
래요?
내가 아니면 안 된다는 생각도 잠시 쉬어 보실래요?
나는 애쓰지도 않았는데 이렇게 맑은 아침이 또
찾아왔어요.
사실 내가 할 일은 이 아침을 바라보는 것뿐이랍
니다.

우리에게는 또 하나의 기쁨이 있지요.

그건 바로 커다란 어려움에 직면하는 것이에요.

왜냐고요?

그 어려움을 극복하기 위해 '지극한 노력'을 기울

일 수 있는 기회를 맞이한 거니까요!

뉘우침은 새로운 시작입니다.

자신을 인정하고 받아들이세요.

깨끗한 백지와 같은 느낌으로 다시 시작할 수 있

을 거예요.

이상도 하여라. 나의 이 마음이여!
모를 일이로다. 이 세상의 모습이여!
참됨을 의지하여 한 번 더 살폈을 때,
거품 같은 세상에서 비로소 나의 배역을 알게 되
리라!

거리를 수북이 감싼 낙엽을 보세요.

하루하루 자신의 잎사귀를 하나씩 버리는 모습!

참으로 여유로움을 느끼게 합니다.

하루를 더 먹은 우리들의 저녁, 이 시간의 진정
한 느낌은 여유로움입니다.

하나를 버려 보세요!

한 번 더 쉬지 못했던 탓에 벌어진 일들,
우리는 자신의 능력을 자만하고 섣불리 해결하려
했습니다.
먼저, 자신의 능력을 깨달으려 노력하세요.
능력의 핵심은, 행동하기 전에 '한 번 더 기다림'이었
습니다.
잘 살펴 보세요!

대한민국 서울에 비가 내렸습니다.

비는 그냥 때가 되어 내릴 뿐이죠.

당신은 오늘 내리는 비에 어떤 마음을 일으키셨

는지요?

참된 기쁨이란 애써 조작하지 않아도 때가 되면

일어나는 그곳에 있답니다!

* 오늘은 빼빼로 DAY! 당신께 빼빼로를 선물합

니다.

이 세상을 나로부터 시작하지 않는 한
고통과 괴로움이 가득한 졸부의 의무만이 있다.

이 세상을 나로부터 시작했을 때
비로소 환희로운 성자의 당연한 의무가 느껴질
것이다.

어쩔 수 없다는 말은 제발 하지 마세요.

이렇게 아름다운 세상에서 그건 정말 슬픈 말이
에요.

많은 성자들이 이곳을 다녀가신 의미를 무색하
게 만드는 말이에요.

제발, '한번 해 보자.'는 마음을 가지세요!

매일 반복되는 일상생활이 지겨우셨다고요?
조금만 주의 깊게 관찰해 보세요.
단 하루도 똑같은 날은 없었답니다.

'오늘 하루는 어떻게 펼쳐질까?'
기대하는 아침은
정말 기분 좋지 않을까요?

마음 따라 세상이 움직이니 참으로 이상하구나.
부자 되려면 마음의 게으름을 없애면 되고,
현자 되려면 마음의 어리석음을 없애면 된다네.
세상만사 어려울 것 하나 없는, 나의 마음일세!

당신에게 눈이 필요하다면 눈을 드리겠습니다.
당신에게 팔이 필요하다면 팔을 드리겠습니다.
당신에게 필요한 것이 있다면 무엇이든 드리겠습
니다.
나의 이 서원이 변함없기를 발원합니다.

깊이 관찰하라.
숨이 들어왔다 나가는 찰나에
큰 공간이 존재함을 알게 되리라.
이는 큰 기쁨이고 완전함이니

그대는 알라!
상상할 수 없는 큰 공간이 바쁜 시간 속에 있었
음을.
우린 그것을 몰랐기에 운명에 끌려 다녔을 뿐임
을….

믿는 자에게 복이 있나니,
삶은 믿는 자의 것이다.

믿음에는 반드시 대상이 있어야 하는 것이 아니니,
그저 간절히 믿음을 일으키라!

아침의 소리

당신의 머릿속에
이건이래서 이렇다는 '결론'이 내려졌다면,
당신은 속고 있다.
모든 것이 당신에게 '가정'으로 존재한다면
당신은 세상을 바로 볼 가능성이 있다.

아름다운 샛별은 새벽에 깨어 있는 자만이 볼 수
있습니다.

마찬가지로, 인생의 참맛은 매 순간 깨어 있는 자
만이 느낄 수 있지요!

당신에게 오늘 하루는

어제 기다렸던 내일이었는지요?

다람쥐가 쳇바퀴를 뛰쳐나오려는 강렬한 의지가

있을 때

비로소 내일은 기다려지는 날이 될 겁니다.

핑계 대지 마세요.

딱 한 번뿐이라고 했어도 그것으로 끝난 적이 없

을 겁니다.

그냥 할 일을 하세요.

일찍 일어나기로 했다고요?

그럼 그냥 일어나세요.

오늘은 좀 피곤한 것 같다고요?

그래도 마음먹은 시간에 일어나세요.

한 번의 핑계는 결국 나를 바꿔 버립니다.

바보로!

하루를 뒤돌아볼 줄 아는,
그러나 집착하지 않는 자!
그에게 내일은 기다려지는 날일 겁니다.

고요한 새벽을 벗하여 내리는 하얀 첫눈!

그렇게 기다리던 첫눈을 당신은 못 봤죠?

이렇듯, 깨어있는 자에게는 항상 아름답고 신선

한 인연이 깃들게 된답니다.

오늘 하루 깨어 있으면서,

당신에게 다가오는 신비로운 인연을 누리세요!

오늘 하루 행복하셨습니까?

한번쯤 인적이 드문 산에 홀로 올라 보세요.

그리고 세상을 내려다보세요.

운이 좋으면,

당신은 아무 일 없는 존재임을 알게 될 것입니다.

당신은 바로 대자유인입니다!

야호!

또 한 주가 시작되었습니다.

대 자유인이신 그대여!

오늘은 무슨 큰일을 하시렵니까?

그대의 자비로운 노력이

세상을 바꾸고 있다는 사실을 아십니까?

당신의 노력 덕분에 이 세상이 존재하니

정말 감사합니다!

야아!
쿠르트 아줌마!
야아!
쿠르트 주세요!

섣불리 마음을 움직이지 마세요.
끝까지 지켜보세요.
단, 마지막 판단은
또 다른 지켜봄의 전제가 되어야 합니다!

개 눈에는 ○밖에 안 보인다!
당신 눈에는 무엇이 보입니까?
당신이 생각하고 바라보는 세상이 당신을 말해
줍니다.
자신을 자세히 들여다보세요!

흩날리는 겨울비,

하얗게 쌓이는 함박눈,

마지막까지 매달려 있는 잎사귀….

그냥 보이는 대로 적었을 뿐인데 당신은 또 마음

을 일으키시는군요.

'그냥'이 아름다움입니다.

목표를 향해 사는 것은 참된 삶이 아니에요.

목표가 이루어진 후엔 또 허망함이 시작되거든요.

우리에게 삶이 주어진 것은 이유가 있어요.

그 이유를 알아야 비로소 허망하지 않은 삶을 살

수 있답니다.

당신 마음은 나의 마음,
나의 마음은 당신 마음,
우리는 한마음!

세월의 흐름은 내 마음의 흐름,
세상의 변화는 내 마음의 변화!
모든 것은 마음의 조화임을 알아
대 능력자가 될지어다!

'나'라고 인식하면서부터 '나'인 것을 아십니까?

해서 우리는 그 무엇도 될 수 있답니다.

소리, 빛, 맛….

그러나 무엇이든 될 수 있는 이전의 것을 알아야

합니다.

그것이 나를 있게 만들었거든요.

'나'라고 인식한 나는 누구일까요?

"할 말 없습니다. 아무것도 생각나지 않습니다.
그냥 자유롭고 싶습니다."
구도자의 마음은 이래야 하지 않을까요?
그런데 당신의 마음도 이러하지요?

당신은 모른다 해도, 당신은 이미 구도자였답니다!
그러나 '항상' 구도자인 자에게는 단 한 가지 다
른 점이 있지요.
그에게는 용감하게 자유를 향해 돌진하는 모습
이 있답니다!

분별심을 친구하지 마세요.

분별심이 나를 이런 몸뚱이 안에 밀어 넣었답니다!

원칙 이전에 마음이에요.

원칙을 내세우지 마시고 먼저 마음을 내세요.

하얀 눈이 펑펑펑!
참 아름답고 신나는 날이죠?
떨어지는 눈송이 하나에 눈길을 줘 보세요.
그건 다른 것보다 크게 보일 거예요.
내 마음이 가있으니까요.

우리도 그러하답니다.
마음을 주었기에 '나'이지요!

어디를 갔었던가, 어디에서 왔던가?
움직임이 없었건만 항상 속고만 살았구나!

세상은 눈을 뜨면 있고 눈을 감으면 없는 것이니,
참으로 희한하여라.

새로운 한 해는 그저 열심히,

그러나 간절히,

그리고 궁금해 하며!

밥을 먹는 것이 아니요, 생각으로 먹은 먹는 것
이니,
나는 어느 때 진정한 밥을 먹었단 말인가?
항상 욕망을 먹었을 뿐,
진정한 밥 한 끼 먹은 날 없었으니
나는 배고프지 않다네!

인연이 닿으면 같이할 것이오
인연이 아니면 같이 못 할 것이지만
인연이란 노력에 의해 열리는 것이니,
애씀이 있을 때 같이할 것이요
애씀이 없으면 같이 못 하게 될 것이로다.

겨울의 매운바람은 추위를 몰고 오지만,
숨 막히는 탁한 공기를 쓸어 가 버린다.
삶도 마찬가지,
어려움을 두려워하지 말라!
어려움을 겪은 뒤에는 시원함과 신선함, 그리고
마쳤다는 편안함이 도래한다.
그것은 바로 성장 프로그램 하나가 끝났기에 다
가오는 느낌!

인생이라는 영화는 이미 시작됐습니다.

영화가 끝날 때까지 당신은 지켜볼 수밖에 없습니다.

자꾸 흥분하지 마세요.

당신은 관객입니다!

생각을 따라가지 말고 '생각하는 나'를 따라가세요.

사랑하는 엄마를 쫓아가는 아기처럼!

당신이 알고 있는 바는 진짜가 아닙니다.

반사되는 그림자일 뿐이에요.

늦지 않았어요.

지금 다가오세요.

그림자의 주인공을 다시 만나세요!

스승과 제자의 차이 1

잠자리에 누워 보니 불을 끄지 않았다.

스승 : 그냥 일어나 끈다.

제자 : 10분 있다 꺼야지, 혹시 누가 꺼주지 않을
까? 에이 그냥 자야지.

스승과 제자의 차이 2

스승 : 도가 무언지 모른다고 하나 항상 호흡이
       들어오고 나가는 때를 안다.

제자 : 열심히 도를 얻으려 애쓰나 호흡의 들고나
       감을 모른다.

스승과 제자의 차이 3

스승 : 몸뚱이가 낡아 아무 일도 못하지만 자신
　　　이 항상 살아 있음을 안다.
제자 : 기운차게 옳다고 생각하는 일을 하지만 옳
　　　은 일을 한다는 생각에 꽉 차있다.

구하려는 생각이 없는 것이 부처요, 생각이 일어
나면 중생이라.
나는 부처의 팔만사천 방편 중의 하나요, 수없는
나투심 중의 하나일진대,
하려고 하는 생각을 일으키니 부처의 할 도리를
다하지 못하게 되는구나!
그냥 행하는 것이 깨달음이니, 그것을 따로 구하
려 들지 마라!
따로 부처를 구하려 할 때, 나는 부처를 죽이는
마구니가 되느니라!

순조롭다고 생각할 때

더욱 집중할 줄 아는 이가 현명한 사람입니다!

나 이외에 다른 누가 있다고 착각하지 마세요.

그는 나이고 나는 그의 나입니다.

함께라는 마음으로 보면

그는 내 안에 있던 나임을 알 수 있답니다!

끝은 또 다른 시작임을 아시지요?

움직이지 말고 지켜보면 누구나 알 수 있는 사실

이지요.

그러나 마음이 움직였을 때

끝은 나를 아쉬움으로 들뜨게 한답니다!

당신은 여여하십니까?

항상 똑같은 시간에 일어나십니까?

그리고 애쓰십니까?

특별한 상황은 그리 오래가지 않습니다.

별로 바뀌는 것이 없는 듯한 꾸준함이 모든 것을

바꾼답니다.

그간의 당신을 돌이켜 보세요!

아침의 소리

괴로움이란 생각에서 비롯되는 것입니다.

즐거움 또한 생각에서 비롯되는 것이지요.

외로움도 슬픔도 그렇습니다.

우리는 본래 이러한 느낌을 지켜보는 존재일 뿐

이지요!

아름다운 하얀 눈이 내리는 이 세상에 내가 존재
한다는 것!
너무도 가슴 벅찬 일이지요.
아름다운 날 되세요!

아침의 소리

여태껏, 당신의 삶에서
흔들림 없는 믿음을 일으킨 그 무엇 또는 누군가
가 있습니까?

자연을 생각해 보세요.
있는 듯 없는 듯하지만 나도 모르는 믿음이 항상
있었지요.
당신의 기준으로 흔들리지 않는 믿음을 낼만 한
대상을 찾아본들
이 세상에는 없습니다.
그러나 그냥 자연스럽게 함께했을 때
모든 존재가 믿음으로 다가올 것입니다!

세상에서 가장 무거운 것은 무엇일까요?

그것은 바로 '아만심'입니다.

그것을 버린 자리에 비로소 시공을 초월한 일들

이 벌어진답니다!

아침의 소리

자연의 일부인 우리는 부자연스러운 것들을 짊어
지고 다닙니다.
부자연스러운 것이란 우리가 자신의 의무라고 생
각하는 모든 것입니다.

단 한 가지 의무가 있다면, 그것은 다시 자연스러
워지는 일입니다!
자연스러워진다는 것은
오늘의 햇살을 기뻐하는 일이지요!

산다는 것은 변한다는 것이지요.
변화를 알고 인정하세요.
이런 습관을 익히다 보면
변화를 알고 인정하는, 변하지 않는 나를 보게
됩니다!

세월아 네월아, 너는 어디에 있느냐.
너는 과연 있더란 말이더냐!
시간아, 너도 또한 존재했더란 말이더냐!
어느새 이 나이가 되었으니 있는 듯한데
너희들을 느끼질 못하겠구나!

우리에게는 지금 이 순간의 기쁨뿐이니
과연 세월과 시간, 너희들은 무엇이더냐!

편안한 하루였던가요?

그런데 지금, 내일이 긴장으로 다가오는가요?

약간의 긴장은 우릴 나태하게 하지 않는, 조금은
쓴 약이랍니다.

순간순간 긴장이 느껴지더라도 남은 일요일 또한
맘껏 누리세요.

왜냐하면 아직 내일은 오지 않았으니까요!

세상에서 가장 기뻐해야 할 것이 무엇인지 아시
나요?

그건 지금 우리가 살아 있다는 사실이지요!

오히려 죽는 것이 낫겠다고요? 그럼 지금 당장 죽
어 보세요.

못하겠지요? 그것 보세요. 그래도 죽는 것보단
살아 있음이 기쁨이지 않습니까!

살아 있음이 가장 큰 기쁨으로 다가오지 않더라도,
살아 있음이 죽음보다는 낫다고 생각하고 오늘
을 살아 보세요.

최악은 아닐 겁니다!

봄이 왔습니다.

공기가 신선합니다.

또다시 용기가 솟구칩니다.

다시 시작할 수 있습니다.

답답했던 인생에 다시 기회가 왔습니다.

그래서 세상은 아름답습니다!

아침의 소리

끝없는 노력에 항상 만복이 깃들기를….

봄은 겨울에 포함돼 있고
여름은 봄에 포함돼 있으며,
가을은 여름에 포함돼 있고
겨울은 가을에 포함돼 있지요.

나는 너에게 포함돼 있고
너는 우리에게 포함돼 있으며,
우리는 나에게 포함돼 있고
나는 마음에서 나왔으니
세상에 보이고 들리고 느껴지는 그 모든 것은
오직 마음뿐이에요!

아침의 소리

지난날이 그윽한 미소로 느껴지십니까?
우리의 인생은 끝없이 흐르는 강물과도 같답니다.
강물을 바라볼 때 잔잔한 미소만이 흐르듯이
우리의 인생도 역시 미소뿐이어야 한답니다!

기다려도, 기다려도 오지 않는 이유는 무엇일까?
기다렸건만, 온 듯했건만 그것이 아닌 듯한 느낌
은 무엇일까?
그토록 기다렸던 만남이 기대했던 것과 다른 것
은 무엇 때문일까?

그것은 바로,
내게 온 것이 내가 기다리던 것이 아니기 때문입
니다.
내가 그토록 기다렸던 것은 바로 나입니다!

아침의 소리

진한 감동을 원하십니까?
색다른 것을 원하십니까?
희망이 사라졌습니까?

그러면 원하지 마세요.
또 다른 느낌을 원하지 마세요.
희망은 따로 얻을 수 없어요.
희망은 바로 나 자신이기 때문이에요!

선택의 시간이 왔나요?

갈등을 느끼고 계십니까?

그럼 모든 것을 놓고 명상하세요.

진정 무엇을 해야 하는지 당신의 머리는 모릅니다.

오직 당신을 있게 만든 당신만이 알 뿐입니다

명상을 하며 진정한 당신에게 맡기세요!

당신은 누구라고 생각하십니까?

당신은 당신이 생각하는 그런 사람이 아닙니다.

당신은 어느 누구가 아니며 그 무엇이 아닙니다.

무어라 꼬집어 말할 수 없는 흐름입니다.

끊임없는 연속성입니다.

들려오는 소리에 얼마만큼 움직이세요?

보이는 현상에 얼마만큼 동요되세요?

들릴 뿐이요, 보일 뿐인데

움직이고 동요되었다는 생각이 안 드세요?

맞아요.

그래서 나의 삶이 복잡해졌답니다!

메시지가
도착하였습니다.

그냥스님

참된 희망에는 '나만을 위한' 목표가 없습니다.

참된 희망은 그래서 기쁨일 뿐입니다.

만약 희망이 '나만을 위한' 목표라면

그것은 목표를 이루고자 하는 욕망일 뿐이라는

것을 기억하세요!

당신은 얼만큼 버릴 수 있습니까?
열 개를 버릴 수 있으면 적어도 열 개를 얻은 것
이요,
한 개도 버릴 수 없다면
당신은 아무것도 얻지 못한 것입니다!

삶은

.

.

.

계란!

생각을 섣불리 움직이지 마세요!

자, 다시 공부를 시작하겠습니다.

오늘은 가장 좋은 옷을 입고 하루를 시작하십시오.

특별한 날을 기다리며 옷장 안에 처박혀 있던 그 옷은

이제야 비로소 가장 좋은 옷이 될 겁니다.

세상의 좋은 것들은 '지금' 살아 있는 자의 것입니다!

세상에서 가장 행복한 나라가 어딘지 아십니까?
바로, 세상에서 지금 가장 행복하다고 생각하는
사람이 사는 나라입니다. (행복한 나라는 따로 있지 않
답니다.)

오늘이 즐거운 이유는 뭔지 아십니까?
바로 오늘이기 때문입니다.
어제도 아니고 내일도 아닌, 바로 오늘!
오늘은 즐거운 오늘입니다!

꿈을 꾸었습니다.
천하의 살인마가 되어 쫓기다 드디어 사형대 위
에 오르게 되었습니다.
죄를 뉘우쳤으나 후회한들 무엇하리.
나의 목은 날아가 버렸습니다.
그 순간 꿈을 깼습니다.
안도의 한숨이 나옵니다.
나의 죄는 있었던 걸까요, 없었던 걸까요?

그 모든 것은 꿈입니다.
본시 나는 청정할 뿐이지요!

오늘은 잠에서 깨어나며 무슨 생각을 하셨습니까?

오늘도 입력된 기억으로 하루를 시작하셨습니까?

아침은 신선하고, 오후는 역동적입니다.

저녁에는 차츰 노을이 물들지요.

이것은 입력된 것이 아니라 지금 여기 존재하는 것

입니다.

자, 어떤 느낌이 드십니까?

그렇습니다.

그것은 기쁨입니다.

나로 있을 때의 기쁨입니다.

중국 산둥성의 호랑나비가 날갯짓을 하면 태평양
에선 무슨 일이 일어날까요?
그 사소한 일로 인해 태풍이 일어난대요.

그와 같이 당신의 생각과 행동이 세상을 살리기
도, 죽이기도 한답니다.
지금 당신은 세상을 죽이고 있습니까, 살리고 있
습니까?

아침의 소리

화창한 날씨에 내린 눈이

순수한 눈인지 심술궂은 눈인지 궁금하시다고요?

아무 눈도 아니에요.

또 속으셨군요!

그냥 내리는 눈일 뿐이에요.

이렇듯 3월에도 눈이 내릴 수 있다는 걸,

마음은 그 무엇에도 걸려있지 말라는 걸 알려 주는,

자연의 자비로운 가르침이랍니다!

당신은 지금 상황에서 최선의 행동을 하고 있다
고 생각하십니까?
절대로 단정 짓지 마세요.
지나고 나면 '아니었구나.' 하는 생각이 들기도 했
었어요.
끝까지 기다리세요.
쥐가 구멍에서 나오기를 기다리는 고양이처럼….

아침의 소리

매일매일 똑같은 나날들이 지겹지요?
진리란 이런 것이라고 하도 들으니,
이미 다 알고 있다는 생각이 들면서
아무 말도 귀에 들어오지 않게 되기도 하지요?

어렵거나 힘겨운 일이 닥치는 것은 바로 이 때문
입니다.
그래야 다시 한 번 정신을 가다듬고
이미 있는 참된 즐거움을 보려고 애쓰게 되니까요!

아이처럼 항상 신기하게 바라보는 눈을 가지셔야
합니다.
그래야 결코 똑같은 적이 없는
변화무쌍하고 재미있는 세상이 내 것이 된답니다!

부석사에 다녀왔습니다.

여전히 자연 그대로더군요!

자연 그대로라….

자연스러우려면 그대로 있어야 하는군요.

마음을 들뜨게 하지 말고 가만히 있으세요.

그것이 가장 자연스러운 모습입니다!

별사탕을 당신께 드립니다!

오늘이 특별해서 오늘만 드리는 것이 아님을 아

시지요?

낮에 별이 안 보인다고 별이 없는 것이 아니듯,

우리 마음속의 사랑은 항상 함께하고 있었답니다!

죽음이란 이 세상에서 저세상으로 가는 것이란
걸 모르는 사람이 없지요.
그런데 저세상으로 건너간 사람은 단 한 명도 돌
아오지 못했어요.
그것이 죽음이기 때문에….
그렇다면 죽음의 건너편은 어떨까요?
두려울까요?
죽고 난 뒤에 저 세상이 두려움이라고 알려 준 사
람이 하나라도 있었던가요?

죽은 자는 말이 없습니다.

우리는 왜 아무것도 모르면서 죽음을 두려워할
까요?
우리에겐 경험해 보지 못한 것에 도전하는 강한
모험심이 필요합니다.
그 모험심은 죽음마저도 뛰어넘게 하지요!

따사로운 햇살

향긋한 봄 내음

움직이는 모든 것

지금 이것이 현실입니다!

나의 목표!

내가 해야 할 일!

나의 권리!

바람직한 세상의 모습!

이것은 다 '생각'이라는 놈의 것입니다!

하하하!

자연의 웃음소리가 들리십니까?

당신을 보고 자연은 즐거운 웃음소리를 내고 있습니다.

왜 당신을 보고 자연이 즐거워하냐고요?

당신도 모르게, 당신도 자연임을 알아 가고 있기 때문이지요!

지금 당신의 머릿속에 해야 할 일들이 얼마큼 들
어있나요?
그 많은 할 일 중 지금 당장 할 수 있는 일이 몇
가지나 되지요?
바로 지금 할 수 있는 일은 하나밖에 없습니다.
많이 포기할수록 행복합니다.
마침내 그 하나마저도 내 할 일이 아닐 때
당신은 진정한 자유인입니다!

오늘은 인파 속에서 진인을 찾아보세요.
또한 왕궁은 어디일까 눈을 크게 떠 보세요.
중요한 건 눈이 충혈될 정도로 자세히 보아야 한
다는 것입니다.
찾고 있는 것보다 먼저 눈에 들어오는 게 있을 겁
니다.
어떤 사람은 밥을 먹는데 밥을 먹는 것이 아니라
남의 시선을 먹고 있다는 것을,
어떤 사람은 일을 하고 있는 것이 아니라, 자신을
과시하고 있다는 것을….
하지만 운이 좋으면 황금빛을 내는 왕궁과, 그곳
에서 살만한 진인을 만나게 될 겁니다!

진실한 말이 진실로 다가오지 않는 자는 아만심
이 많은 사람입니다.
바로 '안다'는 생각에 지배당하고 있는 것이지요.

'아하!' 하고 깨닫는 것이 진짜 아는 것이요,
끄덕이며 아는 것은 하나의 논리회로를 통해
또 다른 논리회로가 탄생하는 것일 뿐입니다.
말은 말 이전의 마음에서 나왔다고 하는데,
그 이치를 아는 때가
바로 '아하!' 하고 아는 때입니다!

페이지가 매겨지지 않은 책이 있다면 원하는 부분을 찾기란 참으로 어렵겠지요?

다행히 모든 책에는 페이지가 적혀 있네요.

그렇다면 인생에서 가장 중요한 페이지는 과연 무엇일까요?

바로 그 페이지에 인간의 의미, 당신이 태어난 의미 등이 기록돼 있습니다.

그 페이지는 바로 당신이 풀지 못한 어려운 일들이랍니다!

그 페이지를 잘 들여다 보면 급기야 당신의 의미
를 알게 될 겁니다!
자신의 삶에서 가장 중요한 페이지를 알고 있다
는 게 정말 다행스럽지 않으십니까?

왜 이렇게 되는 일이 없을까요?

왜 항상 계획대로 되지 않을까요?

그건 인생에 대해 모르고 하는 소리입니다.

나의 인생이 이 작은 머리에서 계획되는 것은 아닙니다.

우주에서 작성된 내 인생의 시나리오는 겪어 봐야 알게 된답니다.

궁금하지 않으십니까, 당신의 인생이?

그러면 어떤 시나리오가 펼쳐질 것인지

한번 지켜봅시다!

가장 큰 성취감은 욕망을 뛰어넘는 데서 옵니다.
그런데 욕망을 뛰어넘는다는 것은
오랫동안 욕망을 억누르는 것이 아니라,
욕망의 뿌리를 아는 것이랍니다!

'향상'이란 어려운 일이라고들 하지만,

사실은 간단하답니다.

당신에게 향상할 수 있는 자질이 있는지 확인해

보세요.

오늘이 일요일임을 알고 일요일답게 보내셨으면

당신은 향상하고 있는 겁니다.

오늘이 일요일인데 일요일답지 않은 날이었다면

당신은 좀 더 노력해야 합니다!

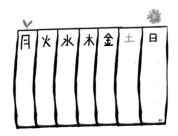

아침의 소리

당신이 부러워하는, 항상 아름다운 세상을 살고
있는 이를 생각해 보세요.
그는 참으로 아름다운 세상을 살고 있어요.
그런데 잠깐만 생각해 보면 그는 당신이 살고 있
는 세상과 똑같은 세상에서 살고 있답니다.

"아하! 세상은 이미 아름다운데 내가 그것을 보
지 못했구나!"
"아하! 내가 바로
우물 안의 개구리였구나!"

참으로 오랫동안 당신과 만나 왔습니다.
참으로 오랫동안 당신과 함께 자유를 찾아 헤맸습니다.
당신과의 이 오랜 인연을 참으로 소중하게 생각합니다.
오늘, 아름다운 봄밤에, 다시 다짐합니다.
당신과 함께, 언제까지나, 자유를 찾는 동반자일 것을!

알고 계십니까?

이 우주는 아주 오래전부터 당신을 사랑하고 있었다는 것을.

마치 갓 태어난 아기를 바라보는 엄마처럼 우주는 당신을 사랑한답니다.

잊지 마세요!

당신을 사랑하는 위대한 존재가 있다는 것을.

잊지 마세요!

당신은 가장 커다란 사랑을 받고 있다는 것을.

'나'는 언제 생겨났을까요?
생각이 돌아가면서부터지요!

'나'는 언제쯤 평안해질까요?
생각이 쉬게 될 때이지요!

아침의 소리

나는 어디로 흘러갈까요?

나는 생각이 흘러가는 대로 갑니다.

그렇다면 나는 무엇일까요?

'나'는 '생각'일 뿐입니다!

거센 바람에 몸을 내맡긴 채 이리저리 흔들리는
나무!
마음을 일으키지 않는 자연의 이 모습이,
바로 우리가 찾던 진리의 모습입니다!

깜깜한 밤, 인적 없는 산속에 홀로 있다고 생각해
보세요.
달빛도 없고, 길도 보이지 않는….
이 세상에 태어난 의미를 모르는 우리의 모습과
도 같습니다.
이 암흑 속에서 어떻게 해야 할까요?

자동차는 자신의 불빛으로 스스로 갈 길을 알아
내어 그 길을 따라갑니다.
그러나 자동차처럼 안 된다면, 누군가의 이끎을
온전히 믿고 따라야겠지요!

진정으로 옳다는 것이 무엇일까요?
그건 첫 마음으로 그냥 애쓰는 것이에요!
기대했던 대로 되지 않았던 많은 것을 떠올리면서,
다시 첫 마음으로 그냥 애쓰세요!

그래요!
처음 1㎜의 오차가 나를 이렇게 멀어지게 했답니다.
늦지 않았어요.
더도 말고 1㎜만 수정하세요!
어느 틈엔가 초라함이 느껴졌듯,
어느 틈엔가 다시 제자리로 돌아가 있을 겁니다!

한 달 전의 일을 생각하니
'괜한 마음을 일으켰구나.' 하는 생각이 들지 않으
세요?
지금 일도 그래요.
지나고 나면 아무것도 아닌 일이에요.
이 또한 그냥 흘려보낼 만한 일이에요.
넓은 안목으로 기다려 보세요.
지금은 큰일 같아도, 지나고 나서
생각하면 별일 아닐 거예요.
오히려 마음을 일으킨 것이
부끄러울 거예요!

미운 사람이 있었습니다.
그런데 갑자기 오늘 아침 그가 죽었다는 소식을
듣게 되었습니다.
미안한 마음이 들기 시작합니다.

그렇게 미워할 필요가 없었는데….
그에 대한 미움을 미리 지우세요!
그리고 그에게 전화하세요!
"미안해."

고맙습니다! 진심으로 감사드립니다!

생각 이전의 마음으로 하십시오.

소리에 놀라지 않는 사자같이,

그물에 걸리지 않는 바람같이,

흙탕물에 젖지 않는 연꽃같이,

무소의 뿔처럼 홀로 가라!

아침의 소리

눈뜬 자여!

그대에게는 이미 진정한 세상이 눈앞에 있느니라!

어두운 자여!

그대에게는 항상 헤쳐 나가야 할 일들이 기다리

고 있느니라!

떨어져 있는 휴지를 보고 "내가 주워야지." 하고
생각하는 사람.
이는 바로 '세상을 바꾸는 것이 내가 할 일'이라고
생각하는 사람입니다!
진정으로 세상을 이롭게 하는 위대한 성인!

사랑하는 연인이 다른 이와 함께 하는 것을 보았
습니다.

"내 곁에 있을 때, 있는 그대로 더욱 사랑해야지."

하는 마음이 일어나면,

당신은 진정으로 그를 사랑하는 것입니다.

하지만 그 순간 불같은 질투심이 일면,

당신은 그를 사랑하는 것이 아니라 소유한 것입
니다.

잘 길들여진 주머니 속의 '맥가이버 칼'처럼!

오늘 그대에게 메시지를 전할 하늘 사람이 내려
올 것입니다.
당신은 하늘의 메시지를 받을 준비를 하세요!
만약 오늘 그를 만나지 못한다면,
그것은 당신이 준비가 안 되어 있음을 알고 그가
그냥 지나친 것입니다.
그를 만나게 되더라도 당신은 그를 알아보지 못
할 것입니다.
왜냐하면 그는 술 취한 코끼리와 같은 예기치 못
한 모습으로 나타날 테니까요!

자기 자신조차 확실히 모른다는 사실은
참으로 나에 대한 의미를 흔들어 놓는 일이지요.
말 한마디에 담긴 내 마음을 스스로 알지 못한다면,
나와 관계 맺은 이들마저 지옥으로 끌고 가는 것
입니다.
오늘은 당신의 말 한마디에 담겨있을지 모르는
말과 어긋난 마음을 알아보려고 애써 보세요!

당신은 '법法'의 스승을 모시고 있습니까, 아니면
'정情'의 스승을 모시고 있습니까?

스승과 제자의 관계는 오르막과 내리막이 없어야
함에도, 정으로 맺어진 스승과 제자의 관계는 오
르막과 내리막이 있답니다.

정의 관계는 살얼음을 걷는 것과 같아 항상 좋다
가도 금세 상처 입기 쉽고, 또 관계를 유지하려는
소심한 생각에 상대방을 그르치게 한답니다.

머뭇거림 없이 당신에게 '비수'를 꽂는 스승이 진
정한 스승이요,

어느 때건 스승을 향한 마음이 흔들리지 않는 자
가 진정한 제자입니다!

우리의 고집은 참으로 대단하지요.

항상 무엇인가를 보고 듣고 있다고 생각하니….

하지만 진정 과학적인 사고를 가졌다면

한 번쯤은 내가 보고 듣는 것이 실제가 아닐 수 있다고

가정해 볼 수 있지 않을까요?

한번쯤 장님, 귀머거리, 벙어리가 되어야 참된 마음이 열린답니다.

그래야만 진짜 모습과 진짜 소리를 바로 보고 들을 수 있답니다.

한 송이의 아름다운 꽃을 보았습니다.

너무도 아름다웠습니다.

그런데 깨어나니 꿈이었습니다.

그 아름다움이 아직도 마음에 생생한데,

그것은 과연 실제일까요? 꿈일까요?

만약 그것이 실제 꽃이었다면 꿈을 깬 후에도 그
것은 여기 있어야 합니다.

실제일까요? 꿈일까요?

꿈일까요? 실제일까요?

오늘의 이 가르침은 밝은 길로 인도하는 찬란한
빛이었습니다.
오늘의 이 배움은 다짐컨대 다시 나로 인해 한없
이 펼쳐지게 할 것입니다.
그동안의 배움은 바로 우주를 향한 회향의 마음
이었습니다!

진정으로 모르는 것이 아는 것이오,
알고 있다는 생각이 바로 지옥문이다.
진정한 앎에는 안다 모른다가 없으니,
그것은 바로 기쁨의 빛이다!

당신은 사람들에게 질문을 하지만
상대가 뭐라고 대답하든 답은 이미 당신 안에 있
습니다.
왜냐하면 당신은 마음속으로 미리 결론을 내린
채 묻고 있었으니까요.

진정한 답을 원하세요?
그렇다면 아무 생각 없이 상대방의 말을 받아들
이세요!
그의 말이 사실이든 아니든
당신의 믿음은 그대로 당신 것이 됩니다!

오해를 받으셨다고요? 해명하지 마세요.
그냥 침묵하세요.

피하지 마세요. 그렇다고 맞서지도 마세요.
그냥 침묵하세요.

파도는 올라갔다 내려가는 법이어서,
사람들은 기어코 당신의 진실을 알게 된답니다!

감동할 때까지 주어야 한답니다.

한없이 주어야 그제야 조금이나마 세상을 똑바로

보려 한답니다.

어설프게 주어서는 눈을 뜨지 못합니다.

우리가 몰라서 그렇지

사실 모든 스승의 베풂은 이렇듯 한이 없답니다!

아침의 소리

눈에 보이는 것이 진짜 있는 것이듯, 전해 들은
말은 그냥 믿지 마세요.
그런 습관 때문에 알지도 못하는 진실을 아는 척
하게 된답니다.
꿈속의 물건은 만질 수 없으나, 실제의 물건은 만
질 수 있듯,
진실 또한 확연히 보이는 것이랍니다.
그러나 진정으로 보려 하지 아니하면, 아무리 애
써도 보이지 않기도 하지요!

오늘 하루 펼쳐진 바는 바로 당신의 마음에서 일
어난 것이지요.

괴로운 순간의 괴로움 때문에, 괴로웠던 장면을
떠올리게 된다는 것을 아십니까?
그땐 정말 그 생각 말고는 아무것도 당신의 마음
을 움직이지 못했지요.
괴로움은 마음에서 온다는 것을 분명히 배웠건만
당신은 속수무책으로 생각에 농락당하고 말았어요.

진리는 완전히 마음을 쉴 줄 아는 이에게만 보인
답니다.

하루를 시작하면서 이렇게 발원합니다.

모든 이들이 큰 지혜로 하루를 살지어다.

다시 하루를 마감하면서 이렇게 발원합니다.

지혜의 행으로 얻은 모든 공덕을 우주로 되돌리

나이다!

세상은 진짜로 있는 것이 아니요, 나의 의식 속에
서 만들어진 것이니,
참으로 묘해서 아무것도 없다가도 고개를 돌리면
'짠!' 하고 나타난답니다.
의식의 두리번거림 없이 묵묵히, 여여하게 지금의
자신을 바라보는 자는,
급기야 원래 없음을 알고, 드디어 걸림 없이 자신
의 세상을 만들어 가게 된답니다!

쫓기는 사람처럼 이불을 박차고 일어나 정신없이
일하다가 하루해가 저물고
아파트 불빛이 하나둘씩 켜지면,
사람들은 자그마한 공원으로 모여들기 시작합니다.
이렇듯, 우리는 자신도 모르게 고향을 그리워합
니다.
우리 모두의 고향! 바로 자연!

첫눈에 반해 버린 당신의 그!

멀리 하려 해도 마음에 와 닿는 그!

당신의 마음을 부정하려 하지 마세요.

그와는 이미 오랜 세월을 함께해 왔어요.

이러한 인연은 그냥 생겨난 것이 아녜요.

지금 솔직해지지 않는다면 다음 세상에서

당신은 스스로를 다시 속이려고 또 마음고생을 해

야 한답니다!

받아들이는 순간 그는 당신의 일부가 될 것이며,

더 이상 어색한 관계는 없을 것입니다!

어떤 일이 당신의 일이고 어떤 일이 당신의 일이 아닌가요?
당신의 일이라 여겨지는 만큼 당신의 일이요,
당신의 일이 아니라고 여겨지는 만큼 당신의 일이 아닙니다.
그래서 세상 전체를 위할 줄 아는 성자들은 온 세상을 다 가지게 된 것이지요!

상황에 따라 일어나는 마음이 문제일 뿐,
그 상황을 헤쳐 나가는 방법을 찾아내는 것이 능
사는 아닙니다.
그 어떤 방법도 일어나는 마음의 뿌리를 제거할
수는 없습니다.
힘을 키우면 무거운 물건을 들 수 있듯,
내면의 힘이 있어야
어떤 상황에서든 여여하게 대처할 수 있답니다.
내면의 힘을 키우는 데는 학벌도 재산도 필요 없
습니다.
오직 행할 뿐.

아름다운 두 가지가 있는데 혹시 아시는지요?
첫 번째는 '사는 것'이요, 두 번째는 '죽는 것'입니다!
세상에서 가장 역동적인 이 두 가지가 동등한 아
름다움으로 다가온다면,
당신은 진실로 세상을 바로 보는 것입니다!

진실로 '미안합니다!'라고 말할 줄 아십니까?

그것은 내가 낮아지는 것이 아니라

나를 없애고 전체가 되는 길입니다.

자, 말씀하세요!

진심으로 말을 건네세요!

"미안합니다."

세상이 변하고 있습니다.

그것을 아십니까?

사실 어느 시대건 우리는 변화의 기로에 있었습
니다.

문제는 그것을 아느냐, 모르느냐 입니다.

아는 자는 나아갈 것이요,

모르는 자에게 나날은 고될 뿐입니다!

오늘 그를 만나세요.

그는 당신을 기다리고 있습니다.

그와의 만남은 비할 바 없는 행복입니다.

그는 한결같이 당신을 기다리고 있습니다.

그는 바로 당신이니까요!

어느 누구도 당신을 억압하지 않았습니다.
당신을 억압하고 있는 유일한 사람은 바로 당신
입니다.

매일같이 반복되는 삶이 따분하지 않으세요?

쫓기는 듯한, 그래서 지치는 나의 삶.

이벤트를 만드세요!

작은 것을 축하하는 파티를 여세요.

오늘이 금요일임을 축하하는,

오늘 일찍 일어났음을 기뻐하는 파티!

그때 당신은 살아 있습니다!

문제가 있나요? 누가 미운가요? 짜증이 나세요?

그렇게 싫은데 왜 오늘도 그러한 문제와 대면하셨지요?

이렇듯 우리는 문제를 회피할 만한 힘조차 없답니다.

가장 큰 문제는 외부의 문제가 아니라, 내면의 힘이 없음입니다!

고맙게도 세상은 내가 정체되지 않고 나아갈 수
있는 계기를 만들어 준답니다.
누군가를 만나게 해 주고, 무슨 일이 벌어지게 하
지요.
그것은 향상의 계기이니
나를 귀찮게 하는 것이 아닙니다.
그것을 놓치지 마세요.
다가오는 일들을 소중히 여길 때, 당신은 행복해
집니다!

우리는 우주라는 '명화'를 공동으로 작업하는 예술인입니다.
당신 인생의 색깔을 어떻게 칠하느냐에 따라 이 '명화'의 느낌은 달라집니다.
그렇다면, 어느 한 사람만 노력해야 할까요?
그래요. 우리 모두가 이 '명화'에 대해 책임이 있답니다!

오늘 하루를 잘 마감하셨나요?

혹시 다른 요일과 비교하는 날은 아니었던가요?

끝을 설정하는 사람은 다시 돌아오는 월요일에

숨이 막혀 버린답니다.

사실 '끝없이 이어짐'은 기쁨입니다.

왜냐고요?

자! 지금 밖으로 나가 한 구석에 찌들어 있는 흙

을 보세요! 거기에서도 무언가 자라고 있지요?

(반드시 직접 나가서 확인해 보셔야 합니다.)

바로 이 생명이 우리가 숨 막혀 했던

'끝없이 이어짐'이랍니다!

자신이 특별한 줄 아는 자는 오늘 하루가 특별합니다.
자신이 특별한 줄 아는 자는 자신이 특별하기 때문에
특별한 사람과 인연을 맺게 된다는 사실을 압니다.
자신이 특별한 줄 아는 자는 다가오는 일이 왜 이런지 압니다.
자신이 특별한 줄 아는 자는 액션 영화 속의 주인공처럼 항상 여유가 넘칩니다!

아침의 소리

벌거벗고 거울 앞에 서면 남들 앞에 있는 것처럼
부끄러운가요?
아니라고요?
맞아요. 바로 그거예요!
그렇다면 이젠 남들 앞에서 부끄러워하지 마세요.
왜냐고요?
남들이란 사실 가지각색의 거울에 비친
나이기 때문이에요!
일그러진 거울, 깨진 거울, 맑은 거울….
내 모습이 하나같이 다르게 보이지요?

푸하하!

거울에 비친 자신을 보고 화들짝 놀라는 고양이를 보세요!

우습지요?

그런데 이젠 남의 일 같지 않지요?

당신은 깨어나기 시작한 것입니다.

사람들의 모습이 거울에 비친 내 모습처럼 느껴진다면,

당신에겐 자신을 관찰할 줄 아는 집중력이 생긴 겁니다.

오늘은 당신의 향상이 있었던 아주 기쁜 날입니다!

쯧쯧!

당신은 자신을 사랑하지 않는군요.

당신은 거울 속의 자신을 받아들이지 않고 있어요.

(허리가 날씬했으면, 다리가 길었으면, 얼굴이 작았으면…)

자신을 받아들이지 않으면 그 어느 것도 받아들일 수 없답니다!

한번은 녹아내려야 합니다.

당신 인생의 시나리오는 당신이 한번쯤 녹아내리도록 짜여 있습니다.

부딪치고 넘어지고 코피가 나야 자신의 의미를 알게 된답니다.

녹아내린다는 표현이 부담스러운가요?

그런데 재미있는 사실은, 그 시나리오에 심취해 있으면,

부딪치고 넘어지고 코피가 나는 것이 그렇게 재미있을 수가 없답니다!

당신은 나 이외에 다른 누가 있다고 생각하십니까?

이 세상에는 오직 나 하나뿐임을 아서야 합니다.

우리들의 말과 행동은 '독백'이며 '원맨쇼'일 뿐입니다.

어느 누구와의 관계에서 말과 행동이 비롯되는 것이 아님을 아서야 합니다.

오늘은 나를 상대로 말하고 행동하며 하루를 살아 보세요!

저녁 무렵에는 느낌이 올 겁니다.

이 세상에는 나밖에 없었다는 것을!

당분간 메시지 띄우는 작업을 중단합니다.

가슴 벅찬 일을 하러 떠납니다.

오직 자신만이 가장 존귀함을 아시고,

그 어느 누구에게도 의지하지 마십시오!

그동안 여러분들에게 항상 진실했음을 나는 믿습니다.

주변에 이해되지 않는 일이 있나요?

그런 것이 조금이라도 있다면 당신은 참된 기쁨
을 보지 못합니다.

이해된다, 안 된다의 기준은 누가 세운 걸까요?

하늘의 구름이? 흐르는 강물이?

기쁨의 세상에는 이해 안 될 일이 없답니다.

그래서 항상 기쁘지요.

모든 것이 이해된다고요?

어떤 차원에서 이해가 되셨나요?

그럴 수도 있다는 차원에서?

그것이 아니에요!

그것도 하나의 기준을 세운 뒤 마음속으로 타협

한 것입니다.

그냥 그대로 인정되는 것이 진리입니다.

일말의 의식도 일어나지 않은 채 인정되는!

우리가 현실이라고 알고 있는 이 현실은

알고 보면 아찔하리 만큼의 꿈입니다.

이 현실이 꿈임을 얼마만큼 받아들이고 계시는

지요?

받아들이지 않는 만큼 당신은 속고 사는 것입니다.

천하의 큰 사기꾼에게!

우리는 뜨거운 숯불 위를 걷는 것이
불가능하다고 생각합니다.
그러나,
과연 그럴까요?

(인터넷에서 '숯불 위를 걷기'라고 검색해 보세요.)

아침의 소리

정좌하고 있을 때 진리는 오지 않는다.
오히려 붙잡으려 하면,
그것은 극성이 다른 자석처럼 튕겨나간다.
잠잘 때, 놀 때, 그때 진리가 살아 있다!

순간의 마음이 느껴졌을 때 기록하는 습관을 들
이라.
연습이 되면 어느 때 건 수첩에 진리를 끄적거리
고 있는 자신을 발견할 것이다!

노력 없이 참됨을 얻으려 하지 말라!
허나 그 노력은 일반적 노력이 아니니,
애씀이기 때문에 다시 기쁨일 뿐이다!

나는 믿는 만큼 나이다!

과거의 일들이 만인 앞에 펼쳐진다면 나는 떳떳
할 수 있는가?
이를 기억하여 행동하라!
얼마 안 가 모두가 모두의 과거를 알게 될 날이
있을 것이니!

자기 의지로 하루를 산다는 것만큼 큰 기쁨은
없다!

당신이 향상할 수밖에 없는 존재란 것을 이젠 믿
으세요?
하나를 보고 열을 아는 존재는
성장한 자신의 몸뚱이를 보고도 그 사실을 느낄
수가 있지요.
조급해 하지 마세요!
'지금' 내가 할 일이 무엇인지 아시면 돼요.
바로 지금!

아이 차암!

'지금'이라니까, 왜 자꾸 이따가 할 일을 지금 할

일이라고 우기세요?

지금 화장실에 있으면 똥이나 닦으면 된다니까요!

살아 있다는 것은 별거 아니에요!

지금 똥 닦는 일이라고요!

골몰하세요.

허나, 알려고 애쓰지는 말고요!

이거 아세요?

현실에 대한 우리의 '세련되고 수준 높은' 이해가

우리와 시간·공간 사이의 진정한 관계의 본질을

이해하고 활용하는 능력을 가로막고 있다는 것을?

우리는 세상사를 보며

이건 이래야 하고 저건 저래야 한다고 생각한다.

이는 드라마를 보며 이러쿵저러쿵 떠드는 것과

마찬가지니,

그때 내 마음에 구별 없는 사랑이 있었는지를 가

늠해 보아서,

그런 게 없었다면 헛짓거리 한 것이라 알아야 할

것이다!

멈추어라!

그때 당신은 상상할 수 없는 속도로 상상할 수

없는 공간에 함께할 것이다!

우리는 창조주의 연습을 하고 있답니다.

능숙하게 가장 조화로운 창조물을 만드는 연습

과정이 바로 우리의 인생이지요!

모든 것을 가능케 하는 창조주에게 제약이 있을

까요?

그래요! 우리 마음속의 제약을 없애 나가는 게

바로

'창조주 수업'이에요!

우리는 수많은 제약을 만들어 놓고 그 속에서 숨
쉬며 잘도 삽니다.
이 숨 막히는 제약을 이겨 내며 생존하는 인간!
존재계에서 인간만큼 강인한 에너지를 가진 존재
가 또 있을까요?
우스운 일이지만 생태계에서 스스로 제약을 가
하는 존재는 인간뿐입니다.
이제는 제약 속에서 버텨 온 강인한 힘을 기쁨을
아는 쪽으로 써보는 게 어떨까요?

원하는 게 있으시죠?

하루 종일 그것만 상상하세요!

그것은 반드시 당신과 함께하게 될 겁니다.

그런데 재미난 사실은,

어느 누구도 원하는 것을 하루 1시간도 채 상상

하지 않는다는 것이지요!

벽에 10개의 괘종시계를 걸어놓으면 시계추가 결국 똑같이 움직이게 된다는 걸 아세요?
그중 하나의 추를 달리 움직이게 해 놓아도
어느새 같이 움직이게 되지요.
이같이 우리들의 '모아진 힘'은
다른 이들을 기쁨의 세계로 이끄는 힘을 지녔습니다.
항상 한마음으로 메시지에 집중해 주세요.
여러분이 바로 세상을 바꾸는 창조주입니다!

뒤를 돌아보세요!

당신의 과거가 보이세요?

아, 바로 앞에 당신의 미래도 있군요!

알려면 제대로 알아야 합니다.

꼭 어설프게 아는 사람이 아는 척한다는 거, 다들 아시지요?

제대로 알려는 마음이 섰을 때,

바른 정보가 당신을 찾아갈 겁니다!

자, 받으세요!

아침의 소리

당신의 참된 마음이 세상을 바꾼다는 사실을 잊
지 마세요!
진심으로 당신을 사랑합니다!

의식을 우주에, 전체에 두세요!

'그냥 바라보는 의식'은 바로 전체에 의식을 두는

거예요!

나의 의식은 내 몸속에 있지 않아요.

나의 의식은 전체에 있답니다.

느껴 보세요!

자, 사람들의 마음이 느껴지지요?

그것은 나의 의식이 모두에게 있기 때문이랍니다!

나쁜 습관을 단번에 고칠 수 있다는 걸 아세요?
그게 잘 안 되는 건
그것을 단번에 고칠 수 없다는 생각,
각고의 노력 끝에야 가능하다는 생각 때문이지요.

깨달음도 이와 같습니다.
깨달음은 오랜 고행 끝에 얻을 수 있는 기쁨이라
는 고정관념 때문에
헛세월을 보내고도 깨달음을 얻지 못한 것뿐이
지요!

모든 것을 안쪽 세상으로 데리고 오라!

스스로 감지하기 힘든 욕망의 에너지는
나도 모르게 상대방을 죽이고 세상을 죽인다!

주위 사람들을 내가 소유한 물건이라고 생각해
보세요.
당신은 얼마나 활용도가 높은 물건을 가지고 계
신가요?
가난한 자는 좋은 물건을 가질 수 없듯,
마음이 가난한 자는, 형편없는 친구들 뿐일 겁니다!

세상이 너무도 평화로워요!

당신은 친구들을 얼마큼 다듬으셨나요?

게으른 이가 정리정돈을 하지 않아 주변이 지저
분하듯,

노력하지 않는 자는

친구를 다듬지 않아 모두 제멋대로일 겁니다!

아침의 소리

세상이 바뀌고 있습니다.

시간과 공간이 뒤섞이고 있습니다.

당신의 시간과 공간은 점점 사라집니다.

당신의 설 자리는 지금, 여기뿐입니다.

우리는 점점 완벽을 알아 나갑니다.
조금씩, 조금씩!
무수한 시행착오를 통해 하나씩 고쳐가며
우리는 완벽에 가까워질 뿐입니다!

'이별은 또 다른 인연의 시작.'
기도란 정한 바를 이루는 것이 아니라,
끊임없이 노력하는 것이지요!

안으로는 마음을 속이지 말고
밖으로는 사람을 속이지 말도록 해요.